Conception et réalisation graphique : Thomas Hamon

ISBN : 978-2-7324-8122-7 • Dépôt légal : mars 2017
Conforme à la loi n°49-956 du 16 juillet 1949
sur les publications destinées à la jeunesse.
Achevé d'imprimer en février 2017 sur les presses
de l'imprimerie Macrolibros à Valladolid.
Imprimé en Espagne.

GILLES DIEDERICHS

JACQUES AZAM

Déstresse

De La Martinière
Jeunesse

SOMMAIRE

SUPER
STRESSMAN

DU CHOUETTE STRESS

PARFOIS ANXIEUX ? Parfois survolté ? Parfois rien, et souvent tout ! Un adolescent sans stress ça n'existe pas ! Et tant mieux ! Pourquoi ? Parce que le stress n'est pas que négatif : c'est une réaction naturelle qu'adopte le corps quand il réagit à une situation qu'il vit comme une provocation. Sans stress signifie sans défense, et à l'adolescence, c'est préoccupant ! Alors malgré tout, que faire de ce stress qui empoisonne souvent le quotidien ? C'est simple, le transformer en une énergie qui va créer du carburant à bonheur et faire tourner le moteur du plaisir intérieur ! Simple, facile à dire, mais dans la réalité comment faire ?

TOUT D'ABORD, en prendre conscience pas à pas, car ce n'est pas toujours évident de mettre des mots sur cette émotion. Pourquoi ? Car le stress est :

- **SOURNOIS** (on s'y habitue trop bien !) : il sait se faire oublier, tu es surexcité, alors pour toi c'est génial, mais aussi très épuisant.
- **HYPOCRITE** (car très séduisant !) : il est très habile en te faisant croire par exemple que tout ce qui est sucré va t'aider à être moins stressé.
- **THÉÂTRAL** (je suis le centre du monde !) : il te rend très caractériel, prêt à dominer un monde qui se doit de toujours t'écouter.

CONSÉQUENCE : tu es totalement sous son emprise et quand tu t'en aperçois c'est généralement trop tard, tu as déjà explosé tes compteurs. Alors, tu veux des solutions concrètes ? Eh bien adopte très simplement une attitude mentale et physique qui te permette pas à pas de prendre du recul par rapport au stress. Ne rentre pas dans sa part toxique, mais utilise-le tel un excellent associé pour ta réussite personnelle ! Voici comment établir ton business plan, accroche-toi !

I

PETIT TRAITÉ SUR LE STRESS

PETIT TRAITÉ SUR LE STRESS

COMMENCE PAR IDENTIFIER TES STRESSEURS :
Trois catégories d'éléments stresseurs sont très simples à identifier. À toi de bien les déceler :

1 TES STRESSEURS PHYSIQUES :

ce sont ceux qui causent une tension ou un affaiblissement directement sur ton physique, comme le fait de ne pas supporter la trop grosse chaleur qui te rend irritable, la douleur, comme par exemple avoir mal au foie parce que tu te nourris mal ou le dos bloqué parce que tu traines trop souvent devant un écran.

? *Peux-tu les identifier ?*

....

....

2 TES STRESSEURS PSYCHOLOGIQUES :

ce sont ceux qui vont t'atteindre psychologiquement, comme des gens qui parlent mal de toi, les peurs quand tu te sens en danger (pas prêt du tout avant une interro écrite…), la pression d'élèves en classe que tu redoutes…

? *Peux-tu les identifier ?*

De ne pas assez dormir et d'être fatigué pour l'école

3 TES STRESSEURS DE CIRCONSTANCE :

ce sont ceux que tu ne peux éviter, comme faire matin et soir un trajet à pied très long pour aller au lycée, manger tous les jours à la cantine où justement tu ne manges rien (car tout est mauvais, dis-tu !)...

Peux-tu les identifier ?

Allez à l'écolet
ce lever tôt.

QUESTIONS DIRECTES :

- Tu étais bien conscient avant de les écrire de l'existence de tous ces types de stresseurs ?

- Alors maintenant, sans particulièrement t'analyser, comment te sens-tu ces temps-ci ?

- Tu pourrais évaluer la valeur du stress que tu vis actuellement, sa force, son influence sur ton comportement ? Le ressens-tu léger, fort, intense ?

VOICI UN INSTRUMENT très simple qui t'aidera à l'évaluer : un stressomètre.

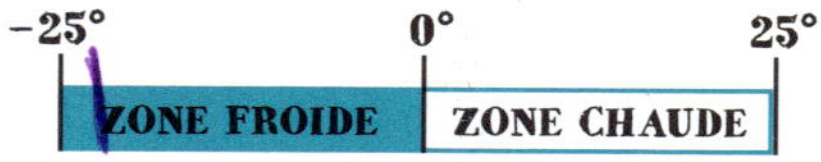

Tu as la zone froide en bleu de 0° à - 25° (de stress contenu à stress de type agressif qui te ronge les intestins !), ou chaude (stress actif à très actif qui rend violent).

? *Peux-tu dire à cet instant où tu placerais le curseur ?*

EN FAIT LE PLACEMENT idéal serait sur zéro, mais tu l'as appris, être sans stress, ça n'existe pas !

Voici ce qu'indiquent ces graduations, tu peux y voir 3 types de stress :

1 LE STRESS FROID : tu peux y vivre ! À - 5° voire - 10°, c'est supportable un certain temps, plus bas tu oxydes lentement toutes les fonctions de ton corps, tu te tétanises ! On appelle cette partie du stressomètre le stress froid. On y regroupe : les fatigues nerveuses, les anxiétés ou peurs, les pensées négatives voire morbides… mais qui restent enfouies, non révélées ou bien maitrisées au départ et auxquelles tu ne laisses

pas de place pour s'exprimer. Ce stress froid, s'il n'est pas traité, se traduit ensuite par : migraine, maux d'estomac, intestins noués, ballonnements, tensions musculaires du bas du corps, du bas du dos, respiration courte…

❓ *Dans quelles circonstances ressens-tu cela ?*

- ○ *En famille.*
- ○ *En amitié.*
- ○ *En amour.*
- ☒ *En cours.* avant
- ☒ *Autre :* ~~en~~ de dormir

2 LE STRESS CHAUD

LE STRESS CHAUD : entre 0° et 30° c'est supportable, même agréable (on sait encore jouer avec !). Au-dessus, ton corps réagit en deux phases. L'une : réaction type Cocotte-Minute avec une soupape de régulation encore fonctionnelle,
tu es stressé mais tu gères (crois-tu). Puis l'autre, qui est explosive car tu ne peux qu'avoir envie que cela finisse net, tout devient insupportable, ce qui te rend « hors de toi » !

LE STRESS CHAUD C'EST : colères, irritabilité constante, passages récurrents d'insomnie, jugement permanent des autres, volonté d'en découdre… et cela donne : actes de violences verbales inattendus (sur-réactivité), agressivité physique défouloir sur les autres ou sur soi-même, opposition systématique sans aucune raison valable à tout ce qui est autorité, besoin de réguler ses humeurs en utilisant drogues ou alcool (binge-drinking = boire vite et beaucoup), expression d'un souffle irrégulier parfois, par de grandes expirations longues ou courtes (genre le tchou tchou du petit train !), haut du dos bloqué et nuque douloureuse…

❓ *Dans quelles circonstances ressens-tu cela ?*

- ○ *En famille.*
- ○ *En amitié.*
- ○ *En amour.*
- ○ *En cours.*
- ☒ *Autre :* jamais

3 LE STRESS CHRONIQUE : il revient sans cesse, sans prévenir ou sans raison, il est parfois froid puis devient chaud, et inversement…
Le problème est que ce stress chronique use tout l'organisme, fragilise le mental, exacerbe les émotions. Il provoque à la longue un profond mal-être et amène certains à des extrêmes pour se sentir mieux, comme se scarifier, se défouler mentalement en se tatouant des sujets parlant symboliquement de leur mal-être ou incompréhension du monde, pratiquer des jeux de mise en danger personnelle ou de provocations très pointues… Là, c'est un stress dit « critique », qui baisse et monte sans arrêt…

? *Dans quelles circonstances ressens-tu cela ?*

- ○ *En famille.*
- ○ *En amitié.*
- ○ *En amour.*
- ○ *En cours.*
- ☒ *Autre :* jamais

ACTES ET CONSÉQUENCES

LES PREMIÈRES SOLUTIONS pour utiliser le stress à son avantage se trouvent dans deux types de compréhension.

1 LA PREMIÈRE COMPRÉHENSION

Toute pensée, action, événement, situation… amène irrésistiblement des conséquences ! Prends l'image d'une graine bien plantée, elle donnera une plante qui pousse droit et fleurira, mais le contraire est aussi vrai. Par

exemple, dans ta vie, si tu penses mal ton projet (pourtant hyper sympa à la base, comme partir en vacances), tu es sûr d'en subir les conséquences (tu as choisis des dates où tes copains ne seront pas là !) *Alors comment faire ?*

ACTION CHOC : déjà, en commençant à bien cerner tes agents stresseurs, tu pourras agir dessus ! Faire du préventif (donc prévoir les conséquences possibles), ça s'apprend très vite, tu peux dès que tu le veux changer l'avenir en aménageant ton présent différemment ! Ici, dans le cas du voyage, ce sera qu'avant de partir, tu prévoies de passer un coup de fil à tes copains, c'est pas trop difficile, non ?

À RETENIR : être prévoyant, c'est être responsable !

PAROLE D'ANCIEN : MIEUX VAUT PRÉVENIR QUE GUÉRIR !

2 LA DEUXIÈME COMPRÉHENSION

Tu es acteur de ta vie, pas spectateur ! Il te faut construire ta propre panoplie d'actions et de réactions personnelles (comme un héros mais pas virtuel, ici c'est la vraie vie !). Par exemple je te propose pour commencer que tu prennes soin de toi (avec des actes suivis d'effets) deux fois par jour (matin et après-midi), pendant 5 minutes !

ACTION CHOC : mesure ton taux de stress en 4 étapes.

1. Tu imagines le stressomètre, où tu le dessines rapidement sur une feuille, et tu évalues le positionnement du curseur. C'est un simple constat, sans réflexion particulière ou jugement, fais cela d'une manière instinctive !

2. Tu essaies ensuite de simplement localiser l'agent stresseur du moment : est-il physique ? Pyschologique ?

3. Tu définis une manière d'y répondre et tu agis (tu trouveras des solutions concrètes dans ce livre).

4. Où que tu sois, pendant 1 minute, tu inspires de l'air par le nez en sortant volontairement ton ventre, et tu expires lentement en rentrant le ventre tout en soufflant par la bouche les lèvres pratiquement fermées.

À RETENIR : agir pour son propre mieux-être c'est faire preuve de respect envers soi !

PAROLE D'ANCIEN : LE RESPECT QUE L'ON S'APPORTE DÉVELOPPE LA CONFIANCE ET L'ESTIME DE SOI.

RÉSUMÉ : petite philosophie du stress (eh oui, tu vas vite avec cette méthode devenir un moine de philosophie bouddhiste actif !).

→ **PHRASES MÉMO** : le stress, on agit avec lui, pas contre lui ! C'est un allié exigeant, mais pas un adversaire !

GARDE BIEN CELA EN TÊTE, pas d'ennemi intérieur, jamais ! Dans la période d'adolescence

où tout change tellement vite en toi et que tu as surtout l'impression que des choses t'échappent, vont parfois trop vite (surtout quand elles sont agréables !) ou trop lentement (quand elles te sont pénibles !), les inévitables montagnes russes avec des hauts et des bas émotionnels que tu subis te pompent toute ton énergie ! Quel est alors généralement ton premier réflexe mental ? Dans le meilleur des cas, laisser tes humeurs s'extérioriser pour au moins te soulager de toutes formes de contrariété, mais souvent plutôt ruminer, ce qui construit alors un ennemi enfoui très sournois qui devient vite hyper actif : la frustration !
Mais pourquoi subir ?

→ **PHRASES MÉMO** : une charge lourde peut devenir un ballon qui te porte vers l'avant ! Le stress est donc un parfait instructeur !

AUTEUR COPAIN :
Shakespeare

Il a écrit : *to be or not to be?*
(être ou ne pas être ?)
Eh bien la réponse est ici :
***BE !* SOIS !**

H

LES BONS OUTILS

LA VIE PARAIT SOUVENT se dérouler comme un cours à l'école. Il y a :

- Des traits de crayon forts (moments importants), agréables ou désagréables.
- Des mines cassées (arrêt soudain d'une période de joie !).
- Des coups de gomme que l'on aimerait donner (souvenirs pénibles ou peu glorieux !).
- Des arabesques au compas (plans sur la comète, ou projections alambiquées dans l'avenir).
- Des taille-crayons (bonnes résolutions de début d'année).
- La trousse de rangement, soit trop petite (« mais où va ma vie ? »), soit trop grande (« ma vie sera faite de tant de choses géniales ! »).

AMUSE-TOI quelques instants à poser des souvenirs sur chacun de ces exemples… Tu vois comme ta vie est déjà bien remplie ?

Beaucoup de stress d'aujourd'hui viennent de ces moments passés qui te collent à la peau et t'alourdissent, dans tous les sens du terme. Tu vas donc utiliser une trousse à outils.bien particulière pour te défaire de tout cela.

TA TROUSSE À OUTILS

1 LA CUEILLETTE DES BONS ET MAUVAIS SOUVENIRS

Pour plonger doucement dans les moments délicats de ton passé, effectue une petite cueillette des bons et mauvais souvenirs. Voici un exemple type de ton arbre mémoire, n'hésite pas à le reproduire en grand et à le réutiliser plusieurs fois pour évoquer d'autres instants passés :

AU CENTRE DU TRONC, cette case blanche, c'est toi ! Ensuite tu as 4 grandes cases blanches, ce sont 4 souvenirs agréables ou désagréables possibles. Sélectionne-les dans ta tête, quels sont-ils ?... Après, tu relies deux personnes liées de près ou de loin à chaque souvenir (2 cases blanches par souvenir). Tu continues en reliant chaque personne aux émotions générales que tu as partagées avec elle (encore 2 cases blanches). Tu viens déjà de définir un premier arbre souvenir. Agréable ou désagréable, ce type de travail personnel te fait prendre conscience de tous les événements mêlés autour d'un seul événement, et te permet de mieux saisir ce qu'il s'est joué et ce que tu as besoin de comprendre, de lâcher... À la prochaine page, tu vas pouvoir alléger ces souvenirs.

→ **PHRASES MÉMO** : un événement est issu de plusieurs interdépendances dont la plupart ne proviennent pas de nous !

PAROLE D'ANCIEN : CARPE DIEM SIGNIFIE "PROFITE DE L'INSTANT".

2 COMMENT DONNER UN BON COUP DE GOMME ?

GOMMER ? DÉCHIRER ? CACHER ? Mieux vaut apprendre à tourner la page. Cette « méditation du livre » t'y aidera :

INSCRIS MENTALEMENT sur la page de gauche un des souvenirs délicats que tu as « débusqués » précédemment. Ferme les yeux et pense que tu écris ensuite à chaque fois sur la page de droite avec une vraie sincérité, une volonté réelle : « Je quitte en paix cet événement passé, il n'en reste aucune influence sur moi, je passe à autre chose et suis maintenant dans un état d'esprit positif. » Tu inspires profondément et décides qu'au moment de l'expiration tu tournes cette page pour arriver à une nouvelle page vierge, tout est de nouveau possible, et libre dans ta tête. Tu as accepté par ce geste de vivre au présent sans être alourdi par les conséquences de ces événements passés. Et tu reprends si tu le désires avec un autre souvenir… Cette forme de programmation mentale va te permettre de te dégager des émotions du passé liées à cet événement. Ce n'est pas de la magie, c'est toi qui ordonnes à ton cerveau de gérer différemment tes souvenirs !

→ **PHRASE MÉMO** : tu es le conducteur du véhicule de ta vie, c'est toi qui passes les vitesses, choisis la bonne direction.

PAROLE D'ANCIEN : LAISSE PASSER LES NUAGES, DERRIÈRE APPARAITRA LE CIEL BLEU.

3 LE COMPAS : MAIS POURQUOI UN COMPAS ?

Le compas doit te servir à choisir la bonne direction pour ton évolution. À l'instant présent, tu es comme sur une carte routière, à un point précis. Si tu pars de cet endroit pour poser la pointe de ton compas, tu vas pouvoir choisir de tracer un cercle plus ou moins grand.

CE CERCLE S'APPELLE le cercle d'évolution, c'est aussi un cercle de sécurité ! C'est là ta force, tu choisis la surface de ton cercle d'évolution, petite, moyenne, grande, et ton périmètre de sécurité (la place où tu es sûr de maitriser ta vie !).

AU FAIT, le terme « évoluer » signifie quoi pour toi ? Là où tu bouges ? Tes ambitions ? L'endroit où tu te sens bien ?… En fait la définition du mot « évoluer » est : se modifier de façon progressive… D'où l'importance d'être conscient de ce que tu es et de ce qui t'entoure. Être mal entouré fera que ton évolution sera influencée d'une manière non constructive, tu peux vite sortir de ta route ! Être bien entouré fera que tu auras des glissières de sécurité qui t'empêcheront de te fracasser, ou au moins des clignotants qui deviendront actifs dès que tu te rapprocheras trop du bord de la route !

→ **PHRASE MÉMO** : il faut bien tenir compte de ceux qui fréquentent ton premier cercle…

4 DÉFINIS TON CERCLE D'ÉVOLUTION ET DE SÉCURITÉ

Sois très sincère, instinctif, sans passer par la case bon ou mauvais, c'est-à-dire prends de la distance en te plaçant au-dessus de la mêlée que forment parfois les émotions ou l'attachement. Essaie simplement de préciser si les personnes qui t'entourent t'aident à parcourir ton chemin ou non. Tu peux avoir un bon copain que tu adores mais qui t'influence vers de mauvaises pistes, un membre de ta famille qui t'énerve mais dont tu te rends compte qu'il est un guide juste dans ses conseils, et parfois l'inverse! Ici tu dois bien prendre conscience que, comme tout le monde, tu changes. Le monde et son fonctionnement font aussi que tu changes, donc il est important de poser une petite lumière de compréhension sur chacune des personnes qui t'accompagnent dans ton cercle. Aident-ils à faire grandir ce cercle ou non? Te mettent-ils en sécurité ou non? En fonction de tes réponses, agis progressivement pour «aérer» ce cercle, le rendre harmonieux, tu empêcheras ainsi beaucoup de possibles créations de nouvelles zones de stress.

5 TRAITS FORTS ET MINES CASSÉES, LE RECOURS AU TAILLE CRAYON

Parfois tout marche bien et vlan, tout s'arrête ! « Mais pourquoi moi ? » Les montagnes russes, tu connais, alors deux solutions :

- Tu t'adaptes en suivant le tracé ;
- Tu rases les montagnes pour n'avoir que du plat !

EN FAIT, il est temps de créer une 3e solution, passer du temps des bonnes résolutions à l'engagement personnalisé !

VOICI COMMENT FAIRE : Ouvre un dossier personnel sur ton ordi ou écris sur un cahier ce titre : **JE M'ENGAGE !**

DÉJÀ EN L'ÉCRIVANT tu rentres dans un processus mental constructif et basé sur l'action ! Déjà sur ces deux premiers chapitres tu as commencé à élaguer les mauvaises branches, celles qui affaiblissent l'arbre, le freinent dans son développement.

VOICI PLUSIEURS CATÉGORIES très concrètes. Pour chacune d'elles tu vas inscrire les engagements de changement qui te paraissent nécessaires, et te donner un espace-temps de réalisation qui reste flexible mais réel. Il ne s'agit pas de créer de nouveaux stress mais d'accepter de mettre en œuvre dans ta vie tout ce que tu viens de comprendre !

Types d'engagement

Espace-temps

Moi perso : ....

....

Famille : ....

....

Amis : ....

....

En classe : ....

....

En amour : ....

....

Autre : ....

....

....

....

III

DÉSTRESS et HYGIÈNE DE VIE

TON CORPS est comme la planète, une terre d'expérimentation incroyable mais aussi à préserver ! Alors pour toi peut-être, comme pour beaucoup de jeunes adolescents :

- Fumer, c'est tout à fait banal ! Et ça te regarde !
- Faire la fête à se déchirer la tête, c'est de ton âge et ce n'est quand même pas si souvent !
- Grignoter plein de trucs salés ou sucrés, de toute façon ça t'aide à tenir pendant les cours !
- Avoir les yeux qui clignotent tant les smartphones et autres appareils t'ont saturé le cerveau, et alors quoi ?...

OK POUR L'ÂGE DE L'EXPÉRIMENTATION, mais sais-tu que dans ces 4 points évoqués tu as un foyer de stress très important qui ne demande qu'à progresser? Car tu touches directement :

- Le système immunitaire, ce processus qui protège ton corps de toute forme de maladie...
- Le système respiratoire, qui régule toutes tes humeurs et t'aide à bien dormir.
- Le système sanguin, qui maintient en bonne marche tous tes organes.
- La bonne marche indispensable du cerveau, sinon il se sature et te rend plus nerveux...

TON SYSTÈME IMMUNITAIRE AFFAIBLI

ENTRETENIR L'IMMUNITÉ du corps, c'est quand tu penses à lui donner ce dont il a besoin pour bien te protéger du froid, du trop chaud, des fatigues qui peuvent se changer en maladies...

Et ce que tu manges est parfait pour arriver à cela, à condition de suivre un minimum de règles qui en plus ne sont pas contraignantes, hmmm miam miam !

→ **PHRASE MÉMO** : l'important c'est de respecter l'équilibre alimentaire !

L'ÉQUILIBRE ALIMENTAIRE, c'est comme un train avec des wagons qu'il faut savoir remplir équitablement, pas question d'avoir au milieu un wagon qui déborde et, derrière la loco, un autre qui roule pratiquement à vide ! Tu peux avoir des excès, des manques, OK mais si tu mets en place cette notion d'équilibre général, tu pourras manger un peu de tout, piocher dans chaque wagon, ta loco restera assez costaud pour amener le train dans la bonne gare !

MÉTHODE TGV :

a) Connaitre ses besoins et adapter.

b) Écouter son corps et bouger !

CONNAÎTRE SES BESOINS

L'ALIMENTATION COMPORTE 3 groupes d'aliments, dont ton corps a besoin. Prends simplement conscience de cela.

Le bon équilibre alimentaire c'est, par jour :

- **15 À 30% DE PROTÉINES** : les aliments d'origine animale (comme les viandes, poissons, crustacés, produits laitiers, œufs) et les aliments d'origine végétale (céréales et légumineuses, lentilles, pois…).

- **40 À 55 % DE GLUCIDES** : fruits, céréales (blé, riz, quinoa, sarrasin), pommes de terre (hors friture), haricots verts, petit pois, carottes…

✸ **28 À 38 % DE LIPIDES**: beurre, huile, fruits gras comme l'avocat, fromage gras (par exemple le fromage fondu), poisson gras (saumon, sardines)…

LE MINIMUM POUR chaque catégorie concerne ceux qui sont peu actifs, pas trop sportifs, assis la plupart du temps. Les proportions hautes sont pour les personnes très actives, très sportives. En fait, il ne faut pas manger trop alors que l'on bouge peu, et ne pas manger trop peu si l'on bouge beaucoup ! Il te faut rester entre les deux fourchettes à chaque fois ! N'oublie pas de varier ton alimentation, tu n'es pas abonné à la pizza à vie ou au fast-food !

BIEN MANGER NE VEUT PAS DIRE MANGER TROP ET N'IMPORTE QUOI ! DONC DU BON SENS !

Voici pour toi un exemple de journée type :

NOTE BIEN que le soir, tu n'as pas à charger ton alimentation, sinon tu dormiras mal, ton corps ayant à la fois à gérer ton sommeil et une digestion difficile. Ensuite, il est important de manger chaque matin, de ne pas attendre 10 heures, sinon tu tires sur tes réserves, et généralement c'est dès 9 heures que tu commences à manquer de concentration et à te sentir énervé ! Donc prends un peu de temps pour voir, selon les pourcentages indiqués, comment respecter l'équilibre alimentaire, ce que tu fais déjà ou pas ! Par exemple, tu n'as pas à manger des protéines à chaque repas, tu peux varier, en ne prenant qu'une viande le midi, puis un œuf le soir…

LE PETIT DÉJEUNER :

-1 produit laitier (lait, yaourt nature, fromage blanc, fromage affiné…
-1 ou plusieurs produits céréaliers (pain, biscottes, céréales…)
-beurre et/ou confiture
-1 fruit ou un jus de fruit sans sucre ajouté
-éventuellement un apport protéique : œuf, jambon…

LE DÉJEUNER :

-Hors d'œuvre
-Viande ou poisson ou œufs
-Légumes verts
-1 fruit
-Pain

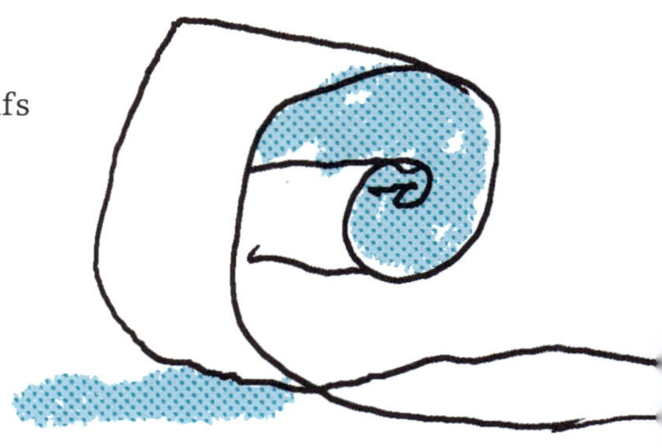

LA COLLATION POUR L'APRÈS-MIDI :

-1 fruit

-1 produit laitier

-1 produit céréalier

LE DÎNER :

-Crudités ou soupe

-Éventuellement : 1 tranche de jambon cuit ou un œuf ou une petite portion de viande ou de poisson

-Féculents (pomme de terre ou riz...)

-Produit laitier

-1 fruit ou équivalent

-Pain

TA JOURNÉE PLEINE forme

IL NE FAUT PAS CONFONDRE être en pleine forme, et être surexcité ! Toi tu dis que tu es « à fond » et d'autres vont répondre que tu es intenable ! Quand ton équilibre alimentaire n'est pas respecté, tu puises dans tes réserves et si ton corps n'y trouve pas les bonnes vitamines et les bons minéraux, tu deviens hyper speed sans même t'en rendre compte ! Note bien que tu deviens une pile électrique, et cette pile, une fois vide, ne pourra donc pas t'apporter son énergie au moment nécessaire genre :

- réfléchir longuement sur un sujet, ce sera non, impossible !
- prendre du recul afin de ne pas te laisser emporter par tes émotions, tu préféreras te lâcher !

AU CONTRAIRE, tu risques de :

- n'avoir aucune patience ou même tolérance, tu n'attendras pas, ce sera tout tout de suite !
- avoir des coups de pompe soudains, puis passer la « démultipliée » en courant partout !
- être semeur de zizanie, car ça t'amusera d'énerver tout le monde !

PEUT-ÊTRE te reconnaitras-tu dans une de ces descriptions ?

→ **PHRASE MÉMO** : Les défenses immunitaires fortes proviennent d'une alimentation variée et équilibrée, source de vitamines et de minéraux divers. Il faut apprendre à manger de tout avec modération, savoir te faire plaisir, et par moment savoir « mettre la pédale douce » sur les sucreries et sodas ou alors rectifier pour rétablir ton équilibre !

TON CORPS

TU ENTENDS PARLER aujourd'hui des problèmes de surpoids, des mauvais sodas, du fait de grignoter biscuits et sucreries à tout moment. Il faut faire le point là-dessus, tu te feras ton opinion ensuite.

COMME TOUT le monde tu as besoin de sucre dans ton alimentation, ton corps en fait de l'énergie. Pour faire simple, il y a deux types de sucre dans l'alimentation :

1. LES SUCRES LENTS : céréales genre sarrasin, flocons d'avoine, riz blanc ou brun…

Cela te donne une énergie d'endurance (comme pour courir longtemps), qui s'élimine lentement du corps.

2. LES SUCRES RAPIDES : les pâtisseries, bonbons, sodas, jus de fruits industriels, les sirops, les blés raffinés pour créer des gâteaux type barquettes au chocolat, etc. Ils apportent une énergie sur le court terme, type coup de fouet (courir rapidement 100 mètres) ils sont très souvent mélangés à des produits graisseux en complément et demandent souvent plus d'effort au corps pour être éliminés !

LESQUELS PRIVILÉGIES-TU dans une journée, sucres lents ou rapides ? Par exemple, grignotes-tu devant la télévision, ton écran ? Franchement est-ce vraiment ton corps qui en a besoin ou cherches-tu simplement à te faire plaisir, à passer un bon moment en mangeant ces petites « gâteries » ?

QUAND EST-CE QUE TU GROSSIS ?

TU L'AS VU, c'est quand ton équilibre alimentaire n'est pas respecté. Et puis si tu bouges trop peu dans ta journée ! Dans ce cas, si tu abuses de sucres, vu que tu ne fais rien ou pas assez pour les éliminer, ton organisme va automatiquement les changer en graisse, et tu vas les stocker et prendre alors du poids ! C'est une règle très simple. Pareil pour toute alimentation, si tu « surdoses » tes cornflakes du matin ou prends 1 litre de yaourt liquide et que tous deux ne sont pas nécessaires aux besoins

BOUGER C'EST METTRE TOUT LE CORPS EN MOUVEMENT ! ET RÉGULIÈREMENT !

de ton corps, celui-ci va stocker. Ton corps peut par les toilettes en éliminer une partie, mais ce ne sera jamais proportionnel à la quantité que tu manges ! En fait, il faut bien penser à l'aider en marchant, en faisant du sport, il éliminera aussi par la sueur, entre autre ! C'est aussi pour cette raison qu'il faut bien varier ton alimentation !

LA SATIÉTÉ : c'est un état de non faim, quand l'organisme a reçu l'énergie dont il avait besoin et que l'on ne ressent plus la nécessité de manger. Si, à chaque fois que tu manges, tu y fais attention, tu verras que de lui-même au bout d'un moment le corps te fait comprendre que tu peux arrêter de manger.

3 CLEFS

1. LES FIBRES DES FRUITS et légumes sont indispensables pour bien éliminer, et éviter la constipation.

2. BOIRE DE L'EAU est indispensable pour le bon équilibre de ton corps.
Le manque d'eau est une des premières causes du stress des adolescents (on ne parle pas de soda, mais d'EAU !). L'eau aide à éliminer les toxines du corps.
Essaie de varier entre eau de source et eau minérale.

> J'AI DÉCIDÉ D'ÊTRE HEUREUX CAR C'EST BON POUR LA SANTÉ.
>
> VOLTAIRE.

3. PRENDS CONSCIENCE de ce que tu manges à chaque fois que tu manges, la quantité, la qualité, et donc l'état de satiété.
Si tu manges régulièrement à la cantine : essaie déjà de voir si tu as au moins un équilibre entre glucides, lipides et protéines. N'hésite pas aussi, une fois que tu connais les menus (tu peux les avoir à l'avance), à emporter avec toi un complément ou un remplacement d'aliment dans une boite hermétique afin que tu puisses consommer ce qui t'est nécessaire sur place.

TON AMI ANTI STRESS

TON AMI ANTI-STRESS: le bon nombre de calories chaque jour.

LA CALORIE C'EST : une unité de mesure de l'énergie contenue dans une certaine quantité d'aliment (en général 100 grammes). Le tableau ci-dessous t'est donné à titre indicatif, il te permet de savoir le nombre de calories dont tu as besoin chaque jour, tous repas compris, les 3 catégories comprises (lipides, glucides, protéines).

BON CONSEIL : apprends à bien lire les étiquettes des aliments que tu achètes ! Il est indiqué dessus le nombre de calories, le pourcentage de lipides, glucides ou même protéines. Faisons un test. Selon le tableau ci-dessous, le mieux pour toi est une journée à 2800 calories. Sur la barre de céréales dont tu as envie, tu peux lire : 344 calories. Tu en manges finalement 1 le matin et 1 l'après-midi, tu es déjà à 688 calories. Tu ajoutes 4 verres de soda répartis dans ta journée, tu ingurgites en fait

4 x 50 calories = 200 calories. Donc, très rapidement, tu es déjà à pratiquement 900 calories sur 2800 utiles ! Tu comprends le piège ? Si tu ne veux pas être attentif à ce que tu manges, un jour ou l'autre tu en subis les conséquences…

ENTRE 10 ET 16 ANS

	GARÇONS	FILLES
30 kg	2 200 kcal	2 100 kcal
40 kg	2 500 kcal	2 400 kcal
50 kg	2 800 kcal	2 600 kcal
60 kg	3 100 kcal	2 700 kcal
70 kg	3 400 kcal	2 900 kcal
80 kg	3 700 kcal	

LA RESPIRATION COMME ANTI-STRESS

QUOI, RESPIRER ? MAIS JE RESPIRE !
Oui, mais sais-tu utiliser consciemment la respiration pour te sentir mieux ? Éliminer les toxines, t'endormir, te donner la pêche ? Lis et teste par toi-même :

✹ TES PRÉCIEUX POUMONS !
Que tu fumes ou non, quand tu respires en ville ou à la campagne, tu filtres par tes poumons des métaux lourds (plomb, mercure...), voire des pesticides ! Imagine que tes poumons soient comme le moteur d'une voiture, s'ils sont « encrassés », le moteur tousse et la voiture avance mal... Tu vas très rapidement t'essouffler, ne pas donner à ton corps l'oxygène dont il a besoin pour bien fonctionner. Conséquence : tu t'affaiblis, et dès l'hiver c'est grippes ou angines à répétition = stress et irritabilité permanente !

SOLUTION : parce que la pollution est partout, tu dois encore faire plus attention à la manière dont tu respires !

TON CŒUR A LUI AUSSI BESOIN D'UNE BONNE RESPIRATION!

Tu respires de l'oxygène, celui-ci pénètre dans ton sang et ce dernier va agir pour nourrir tes poumons, ton estomac, ton foie, tes intestins et surtout atteindre ton cœur… Si ton cœur est privé d'un flux régulier d'oxygène, parce que tu es énervé, patraque…, que tu respires à moitié parce que tu es toujours mal assis, à moitié courbé sur ta chaise, tu fatigues ton cœur, et tu auras des coups de barre soudains ou des passages de mauvaise humeur, voire des migraines…

SOLUTION: apprends à avoir une respiration fluide, à prendre conscience de ton corps, à savoir s'il est bien positionné, détendu, pas plié en 4 !

PETIT MÉMO DE RESPIRATION

Voici plusieurs exos de respiration. Ce sont d'excellents « cachets de bien-être », efficaces, sans effets secondaires !

je respire, tu respires, il respire...

✸ Tu vas commencer par une respiration d'apaisement, d'harmonie. Tu peux sans problème la faire discrètement, même en classe quand tu commences à « monter en température » !

1 Debout ou allongé (ou même assis si tu es en classe), tu inspires par le nez tout en sortant le ventre volontairement, puis tu souffles par la bouche en le rentrant. Fais-le encore deux fois.

2 Tu recommences, mais cette fois en commençant à inspirer par le ventre puis en prolongeant en gonflant volontairement les poumons (sans forcer), puis tu souffles par la bouche en dégonflant d'abord les poumons et en rentrant le ventre. Fais-le encore deux fois.

3 Tu poursuis en reprenant le chemin ventre, poumons, puis pour finir en soulevant doucement les épaules, puis tu souffles lentement en abaissant tes épaules, en rentrant les poumons et en rentrant le ventre. Fais cela encore deux fois.

La respiration anti-stress d'urgence

(avant de péter les plombs !)

✹ Tu es debout ou assis, tu serres les poings tout en remontant tes bras tendus droit devant toi à hauteur de tes poumons, le tout en inspirant lentement par le nez. Tu plies tes bras en posant tes deux poings toujours fermés sur ta poitrine. Et d'un coup en soufflant en une fois tout l'air de tes poumons par la bouche, tu tends tes deux bras en ouvrant tes poings, comme si tu jetais devant toi des objets que tu as gardés dans chaque main.

Fais cela trois fois, et pense à bien vider tes poumons. Tu peux vraiment y ajouter l'envie de te débarrasser de quelque chose que tu ne veux plus subir genre « lâche-moi ! », « j'en veux plus ! ».

Si tu as déjà pété les plombs : fais quand même cet exercice, mais tu vas, en relâchant soudainement tes poings ouverts en avant, prendre quand même le temps de souffler très lentement par le fait de pincer tes lèvres afin de ne laisser qu'un mince filet d'air sortir, tu sentiras ton stress se diluer. Ensuite tu feras une fois toute la respiration d'apaisement vue auparavant, et l'apaisement sera réel !

Le switch de l'humeur

Passer rapidement d'une émotion pesante à une plus légère !

Parfois il faut pouvoir quitter un endroit, une activité où tu étais plutôt nerveux pour commencer une autre activité où tu ne pourras pas amener ta mauvaise humeur !
Écoute, tu connais les tags, et les graffitis ?

- Tu prends un cahier ou une simple feuille blanche et tu vas griffonner en commençant par le centre de la page, en respectant ces simples consignes :

1. D'abord tu décides mentalement de « changer d'humeur », de te sentir mieux, donc tu imagines toutes les raisons bien concrètes pour arriver à cela, les gens te supporteront mieux, tu seras moins bougon donc plus joyeux, ton copain ou copine a besoin de quelqu'un de positif, etc.

2. Pour t'aider au dé-stress : tu dessines des petits ballons, puis tu les remplis uniquement en pointillant dedans avec la pointe de ton stylo.

3. Tu te sens renfermé et anxieux : tu dessines des spirales qui vont de bas en haut en devenant plus larges.

4. Tu te sens « explosé » en mille pensées à la fois : tu traces un trait au bord gauche de la feuille et un trait sur le bord droit, et tu traces lentement des traits pour former une ligne complète qui les reliera tous les deux.

TON CERVEAU N'EST PAS UNE POUBELLE

EN FAIT, QUE SE PASSE-T-IL QUAND TU ES :

- Sur un portable à checker tes très nombreux mails, sms, twitter, facebook, instagram, etc. ?
- Sur internet pour les web séries, les jeux en réseau, les clips sur YouTube et Dailymotion, etc. ?
- Devant la télé pour les séries, les téléréalités, etc. ?

UN ORDINATEUR BIOLOGIQUE

→ C'est simple, ton cerveau est le premier récepteur de toutes les informations visuelles, auditives, émotionnelles, électriques…
Il trie, interprète, module, stocke, élimine… et redistribue toutes les différentes interprétations émotionnelles à ton système nerveux, tes organes, au sang, etc. D'où les nombreuses réactions que tu expérimentes, joie, peur, rejet, excitation… et d'où les conséquences possibles et reconnues si tu en abuses :

- Saturation et fatigues intellectuelles
- Sensiblerie exacerbée
- Migraines et indigestions
- Surexcitation
- Insomnies ou difficultés d'endormissement…

C'EST TOI QUI DOIT GARDER LE POUVOIR D'UTILISER L'INTERRUPTEUR !

OUI, TON CERVEAU EST CONSTRUIT COMME UN ORDINATEUR PORTABLE :

- Un processeur (les capacités à traiter les différents programmes, éducation, sport, créativité, spiritualité…).
- Une interface (comme Windows ou Mac), en fait l'intelligence qui va faciliter, réguler, simplement ou non, tous les programmes installés ou à venir.
- Un bloc mémoire, extensible ou non… pour cela il faut l'entretenir et le développer.
- Une corbeille qui s'actionne naturellement,

surtout la nuit, (mais pour cela il faut bien dormir…).

- Un premier pare-feu : des filtres d'éducation qui disent, ça je veux, ça je ne veux pas, ça m'intéresse, ce n'est pas pour moi…

> **MARCHE AVEC DES SANDALES JUSQU'À CE QUE LA SAGESSE TE PROCURE DES SOULIERS. AVICENNES.**

POUR UN CERVEAU EN HARMONIE

1 METTRE À JOUR TON ANTI-VIRUS !

Continue à accepter les mises à jour de ton antivirus interne. Pour cela, prends du recul pour te poser la question : est-ce que j'ai vraiment besoin de ce programme, de cette application pour avancer dans ma vie ? Prends comme mesure les conséquences possibles dans ta vie quotidienne, donc pour cela paramètre maintenant ton antivirus : « Je mets en place un clignotant d'alerte basé sur ces références » :

- Programme positif ou non…
- Programme qui m'ouvre aux autres ou m'isole…
- Ratio faible de scènes de violences ou exagération…
- Musiques qui restent non agressives ou un brin tapageuses…
- Programme adapté à mon âge ou… non !
- Autres :…

2 APPRENDRE À GÉRER LES COOKIES.

Pour laisser des traces dans ton cerveau, les publicitaires, les constructeurs de programmes visuels, de jeux, de réseaux sociaux, s'arrangent pour laisser des cookies visuels, comme entre autres les logos, les costumes de personnages, ou parfois des images très difficiles à distinguer (le personnage passe souvent devant la même enseigne de fast-food en toile de fond !). Tu sais, cette fameuse phrase qui apparait sur tes écrans : « Pour mieux fonctionner sur votre ordinateur, veuillez accepter les différents cookies bla blaa bla ! » Eh bien encore une fois paramètre la gestion des cookies en choisissant en toute conscience ce que le fait d'accepter peut provoquer chez toi comme surdose d'information à gérer et donc de fatigue ! Des séries avec des avalanches d'images rapides, saccadées, à couleurs dominantes rouge et marron, te coupent de la réalité qui t'entoure, ouvrent ton esprit comme une boîte à friandises et toi tu manges n'importe qu'elle image ou musique destroy en te disant que c'est tout à fait normal, alors que ce n'est pas la réalité et que tu finis par croire que la vie est faite uniquement de ce type d'événements !

→ **PHRASE MÉMO** : tu peux te passer de ces fameux hameçons en réduisant ton temps d'antenne ! C'est toi qui allumes ou éteins ton écran, pas Big Brother !

3 GARDER UNE PART D'ÉLECTRONS LIBRES.

Surtout garde du temps pour t'occuper du développement de tes cinq sens en dehors de l'écran, et faire la part belle à tes envies d'aventure !

TU ES UNIQUE ! PAS UN CODE BINAIRE PARMI D'AUTRES !

Le pire serait que tu arrives à penser que :

- Tout est normal, banal et sans conséquences !
- Tout est vrai, sans avoir à en vérifier les sources : les informations diffusées, celles glanées sur internet, ce qui est raconté sur les réseaux sociaux, les propos de tous les peoples ou les agissements et comportements de tous les allumés de la télé, etc.
- Aller vite, c'est la norme, pourquoi expérimenter la profondeur des choses alors que la crème est en surface ! À quoi sert d'être déçu ou de tomber dans des obligations…

TA RESPONSABILITÉ : l'image et la vérité de l'expérience sont une nourriture, c'est donc à toi d'apprendre à bien choisir tes aliments en faisant en toute conscience le choix de ce qui te convient ou non !

→ **PHRASE MÉMO** : tu n'es pas un mouton mais un être en éveil, un résistant ! Donc continue à dire oui et non, dans l'instant présent, pas en fin d'émission…

IV

Je

SUIS

ZEN

donc je

SUIS

STRESS
STRESS

SE DÉ-STRESSER, c'est aussi se défaire des compréhensions du monde que tu peux avoir, mais aussi de celles que l'on t'a apprises. Ainsi tu peux te séparer de « valises encombrantes » qui pèsent sur ton moral au quotidien. Pour cela, voici une suite de petits exercices qui vont te plaire : tout faire à l'envers, expérimenter autre chose pour mieux comprendre !

LA LENTEUR

ALORS QUE l'on te demande de tout faire en accéléré et bien dans les clous, tu vas volontairement tout faire lentement, bien concentré. Tu vas voir comme tu vas à la fois bien réaliser ce que tu as à faire mais aussi comme tu te sentiras beaucoup plus détendu après.

LES MÉDITATIONS DU TEMPS PRÉSENT :

La MÉDITATION DU SASS

PAR EXEMPLE, tu tiens ce livre entre tes mains : avant de poser tes yeux sur le texte, prends simplement conscience de ce qui se passe autour de toi. Car quelque part, tu vas oublier tout ce qui t'entoure pendant quelques minutes, le temps de la lecture. Alors en silence et doucement :

- Fais un panoramique visuel à 360°, tu peux être dans ta chambre, la fenêtre est ouverte, etc. décris en quelques mots...
- Vérifie que tu ne peux être dérangé, pas de porte ouverte, portable éteint, écran éteint...
- Plusieurs fois, prends simplement ta respiration à fond et souffle très lentement en penchant ton buste en avant, ainsi tu gommes toute la nervosité qui reste en toi... Reste ensuite au calme quelques instants en fermant tes yeux...

Tu es prêt ! Commence ta lecture...

→ **PHRASE MÉMO** : faire le sass, c'est créer un passage entre deux activités qui permet que l'une ne se mélange pas à l'autre ! C'est un anti-stress puissant ! Tu évites ainsi l'effet machine à laver perpétuel qui fait que tu te sens fatigué en permanence !

LES MOMENTS CLÉS DANS LA JOURNÉE POUR PRATIQUER LA MÉDITATION DU SASS :

- Quand tu pars de la maison pour aller à l'école (ainsi vie familiale et école ne se télescopent pas !).
- Quand tu veux t'isoler dans la journée pour faire un break (tu peux prendre une pause personnelle pour sortir de ton mental du moment et éclaircir un peu ton esprit).
- En sortant de l'école afin de ne pas partir avec les tracas de la journée en poche et mélanger ensuite tes humeurs du moment quand tu arrives chez toi !
- Et bien sûr le soir avant de t'endormir (moment très important pour récupérer nerveusement pendant le sommeil !).
- Autres ?...

MÉDITATION DE LA PLUME D'OIE

LA MÉDITATION DE LA PLUME D'OIE : POURQUOI ?

Cette volaille possède un ensemble duvet et plumes infranchissable par la pluie, la neige, la grêle… Elle ne se laisse donc pas atteindre ou freiner dans ses intentions par les caprices du temps ou toutes les variations négatives du climat.

ET TOI ? Si on compare le climat aux chocs émotionnels que tu vis au quotidien, peux-tu dire que tu es imperméable :

- Aux critiques ?
  → Oui ou non…
- Aux gens négatifs ou aux idées négatives qu'ils véhiculent?
  → Oui ou non…
- Aux hypocrites qui abusent de toi ?
  → Oui ou non…
- À tes propres faiblesses (s'entourer de gens qui te bouffent et qui te jettent !) ?
  → Oui ou non…
- Aux sensations d'abandon que provoquent les changements d'amis, la famille qui évolue ?
  → Oui ou non…
- Aux infos alarmistes qui font naitre des anxiétés ?
  → Oui ou non…
- À tes doutes sur tes capacités à avancer et avoir un futur ?
  → Oui ou non…
- Autres :…

Vois maintenant la synthèse possible, ci-dessous…

BALANCE DE L'IMMUNITÉ : refais régulièrement ce point (une fois par mois !).

- À gauche, place sur le plateau les oui de ton immunité assumée !

- À droite, place sur le plateau les non de ton immunité déficiente !
- Compte : la balance doit au moins être en équilibre !

Mais si le fléau de la balance penche trop à droite, tu sais pour l'avoir détaillé auparavant où tu dois intervenir pour rétablir ta stabilité intérieure.

Deux solutions très simples, qui vont fonctionner sur le temps, progressivement, pour devenir ensuite définitives (juste un ch'tit coup d'entretien une fois par mois ensuite !). Cette méditation te permettra de rester maitre de tes énergies, et de ne pas te laisser affaiblir ou servir de punching ball ! Donc de diminuer les ouvertures au stress !

MÉDITATION QUALITÉ OIE VÉRITABLE

QUELQU'UN TE LANCE UNE vanne, tu la laisses glisser sur toi… Elle ne traverse pas ton joli plumage… Une personne te vocifère dessus, tu la regardes juste sous les yeux, pas dans les yeux, et tu laisses glisser… Une autre veut utiliser ta propre énergie pour alimenter un conflit (grand classique qu'utilisent ceux qui n'ont pas naturellement d'énergie !), tu écoutes sa respiration et au moment où elle reprend son souffle (ça demande de l'attention !), là tu la coupes par une phrase cinglante ! Ainsi tu as détaché ce cafard de toi, mais en plus tu l'as « cassé » dans sa reprise de souffle, généralement il coule ! Tu peux alors jouer les grands seigneurs en lui proposant de l'aider à nager !

MÉDITATION DE LA PYRAMIDE

TU PRENDS 5 MINUTES régulièrement, si possible assis et le dos droit, à respirer tranquillement en pensant qu'à chaque fois que tu souffles, tout ton corps se détend. Puis tu t'imagines assis à l'intérieur d'une pyramide, c'est ta protection, et à chaque rythme respiratoire, c'est comme une armure invisible, des remparts infranchissables, et plus tu y prêtes attention plus tu sens volontairement que tu en renforces l'épaisseur, la densité, tes défenses sont au top ! Dans l'adversité, fais appel à cette protection et sens que rien ne peut en franchir la porte !

> LE PLUS GRAND VOYAGEUR N'EST PAS CELUI QUI A FAIT 10 FOIS LE TOUR DU MONDE MAIS CELUI QUI A FAIT UNE SEULE FOIS LE TOUR DE SOI - MÊME.
>
> GANDHI.

MÉDITATION DES ÉCONOMIES d'énergie !

BON, ÇA VA TE PLAIRE.
Tu dois courir à droite, à gauche, attendre, repartir... Là tu vas expérimenter le ralenti ! Pourquoi ? Mais parce que ça t'oblige encore une fois à bien doser tes efforts ! Tu n'imagines pas toute l'énergie que tu consommes en ne prêtant pas attention à ce que tu fais et à ce qui t'entoure !

COMMENT PRATIQUER, EN DEUX ÉTAPES :

1 TU REPRODUIS CE QUE tu vois parfois dans les films ou les reportages sportifs :

une image d'un sprinter qui court et hop, un ralenti où tu peux détailler tous les mouvements.

DONC TU AVANCES normalement et hop, tu fais tout tes mouvements corporels en les décomposant, de la pointe du talon, en passant par le genou qui se lève, le coude qui va vers l'avant, etc. et tu le fais en silence, aussi bien au calme chez toi qu'avec tes copains !

TU VAS CRÉER en toi un arrêt sur image où, en allant à une vitesse moindre que le monde qui t'entoure, tu pourras observer tout ce qu'il s'y passe ! Tu seras totalement présent, et stoppera net la « pompe à énergie » qui fonctionne dès que tu « colles » sans recul à tout ce qui se passe !

2 TU APPLIQUES CELA quand une conversation monte en température, tu passes de débit rapide à débit mesuré, plus lent… Automatiquement la personne face à toi va se détacher car elle ne peut plus se nourrir de toi ! Imparable !

L'IMPERMANENCE

ON TE RACONTE que tu dois dès aujourd'hui avoir un boulot sûr, mettre de côté, penser sans cesse en termes d'avenir, etc. Or tout bouge, se métamorphose, rien n'est permanent ! Le travail en dix ans s'est déplacé en Asie, aujourd'hui tu parles avec ta montre, tes textes numériques flottent dans l'air dans le grand Cloud… Bref, autant apprendre dès maintenant à accepter le changement comme une manière d'être plus fort et innovant au quotidien !

COMME L'A DIT un homme de notre temps, « Le changement c'est maintenant ! » ce qu'il fallait en fait traduire par : « le changement est permanent et… surprenant ! »

ALORS PRENDS LE TEMPS DE LA RÉFLEXION POUR CES QUESTIONS POSÉES :

- Es-tu du genre escargot, dans l'idée : « si je devais bouger j'emmènerais de toute façon la maison telle qu'elle est avec moi » ?… Ou serais-tu sincèrement prêt à la laisser pour en construire une autre plus tard ou ailleurs ?…
- Au niveau émotion, tu dirais : « Il y a des gens qui m'aimaient qui ne m'aiment plus, mais pourquoi ? » Où tu dirais plutôt « N'importe qui a le droit d'évoluer et de me quitter ! »…
- Toi-même tu changes, tu grandis, intérieurement et extérieurement. Acceptes-tu tous les changements que cela implique dans ta vie de tous les jours, comme tes proches

qui te voient sortir de l'enfance, des envies personnelles qui changent (comme aller vers d'autres préoccupations dans le monde ?)…

EN RÉSUMÉ : en fait, changer représente-t-il pour toi un danger ou une opportunité ?…

TOUT VA BIEN

TA SOLUTION

LE DÉTACHEMENT

ATTENTION, se détacher ne veut pas dire se moquer de, ou ne rien tenter ! On ne parle pas de fatalité non plus ! Vois le changement plutôt comme une graine qui ne reste pas à l'état de graine : elle pousse ! Et d'ailleurs plus tu apprends à devenir jardinier, plus tu deviens heureux de voir le changement t'apporter de beaux fruits !

COMMENT SE CONSTRUIT LE DÉTACHEMENT ?

→ Applique la règle du marin : quand il quitte le port, il s'éloigne progressivement des côtes, et pendant un temps garde la vision sur le phare qui reste un repère sécurisant. Se détacher, c'est donc prendre l'engagement de s'éloigner progressivement, de distendre le lien, puis de quitter la situation, le sentiment, la personne… Pas de rupture brutale, sinon tu te retrouves en pleine mer sans aucun repère, et là, si dès le départ tu n'es pas un marin aguerri, c'est plutôt dur !

ESSAIE D'APPLIQUER mentalement cette règle du marin à des cas personnels, et ce en 5 points. Par exemple tu dois t'éloigner d'un copain ou copine qui te rend triste :

1. **TU DÉCIDES** de partir (tu montes sur le bateau).
2. **TU PARS** en annonçant ta décision à ton copain copine (tu largues les amarres du bateau).
3. **TU T'ÉLOIGNES** progressivement (la lumière du phare s'éloigne mais te rassure, concrètement ta souffrance s'estompe progressivement).

4. **TU TRAVERSES**
   et apprends à vivre
   sans tes anciens repères
   (tu es en pleine mer).
5. **TU ARRIVES** et tes instruments de navigation personnels (confiance, sagesse, équilibre et volonté) t'amènent vers un autre port, de nouvelles terres, la traversée est faite (la séparation est effectuée !).

QUELS SONT LES CHANGEMENTS QUE TU SENS VENIR COMME ÉTANT INÉVITABLES ?

Écris les orientations qui arrivent et décris comment tu vois les 5 étapes s'accomplir :

Événement à venir…

1. **TU DÉCIDES…**
2. **TU PARS…**
3. **TU T'ÉLOIGNES…**
4. **TU TRAVERSES…**
5. **TU ARRIVES…**

QU'EST-CE QUE LA VOIE DU MILIEU ?

C'EST CELLE que tu construis entre les hauts et les bas de la vie ! Tu l'as compris précédemment, tout change, donc le bonheur ne dure pas, et le malheur non plus ! Mince, penses-tu ! Non, tant mieux ! Autant apprendre à ne pas courir après ce qui de toute façon ne dure pas ! Un jour soleil, un jour pluie, il reste une journée entière pour faire tout ce que tu désires ! Un jour on t'aime, un jour on ne t'aime pas, qu'importe, l'important c'est déjà d'être bien avec toi-même ! Regarde le symbole de la voie du milieu : le Tao.

UNE PARTIE BLANCHE (yin féminin), une partie noire (yang masculin). Dans chaque teinte il y a un point de teinte opposée (le noir dans le blanc, et le blanc dans le noir). Cela veut dire que quand tu es bien, il existe déjà une possibilité de changement, et quand tu n'es pas bien aussi !

Alors ? Eh bien la voie du milieu va consister à faire rouler la bille, à jouer avec !

PHRASE D'UN SAGE TIBÉTAIN : LE DÉTACHEMENT EST L'ARRÊT DU MOTEUR DE LA SOUFFRANCE !

TU CONNAIS MAINTENANT LE SECRET DE L'IMPERMANENCE :

FAIRE CONFIANCE AU CHANGEMENT !

L'INACTIVITÉ

ARRÊTE DE FAIRE TOUT (et parfois n'importe quoi !), parler, travailler, regarder un film, écoutez un CD, etc. une seule chose à la fois !

Par exemple : ne fais rien ! C'est énorme de ne rien faire ! Tu disposes alors d'un espace-temps qu'il te faut savoir utiliser ! As-tu déjà essayé ?

IMAGINE:

- Tu crées la journée « à ne rien faire ». Comment vas-tu la vivre ?...
- Ne rien faire, c'est s'ennuyer ?...
- Tu pourrais ne rien faire entouré de copains ?...
- Alors ne rien faire, c'est quoi ?...

ET PUIS, question classique : penses-tu que tes proches, notamment tes parents, comprendraient que tu ne fasses rien ?...

EN FAIT, ne rien faire consiste à sortir de ton rythme de vie habituel, à vivre, penser, faire autrement... Ne rien faire, c'est être très cohérent, c'est prendre du temps pour intégrer clairement tout ce que tu apprends en une seule journée, ou un seul événement sans zapper avant la fin !

COMPRÉHENSION MÉMO : ne rien faire...

1. c'est important pour profiter de ce que tu viens de faire précédemment (par exemple tu viens de nager, tu restes ensuite allongé au soleil à te reposer) ;
2. c'est pratiquer l'anti-zapette ! Cela t'oblige à attendre concrètement la fin d'un événement avant de passer à l'autre !

L'ANTI ZAPETTE EN 4 POINTS

Comprends pourquoi il est important de ne pas prendre ta vie comme un programme télé, avec une zapette dans ta main ! Prends cette image en parallèle à un événement possible dans ta vie :

1 Une pierre tombe dans un trou d'eau. **TU NE CONNAIS PAS TON TEXTE DE MATHS!** *Cela symbolise ton action sur le moment.*

2 La vase se soulève du fond. Des craintes naissent: **«ET SI JE SUIS INTERROGÉ DEMAIN?»** *Conséquences possibles de tes actions du moment!*

3 Donc l'eau est trouble. **ÇA Y EST, JE M'ÉNERVE TOUT SEUL!** *Tu subis la suite de ce que tu as mis en place.*

4 Anti-zapette assumée: la vase se redépose sur le fond et l'eau redevient claire, **TU TE CALMES QUOI QU'IL SE PASSE,** *car tu as pris le temps que tout se termine et tu assumes le résultat, tu n'as pas zappé vers un autre événement pour éviter d'avoir à faire face.*

5 Attitude zapette: tu n'attends pas que l'eau se redépose: tu paniques et préfères tout ignorer en passant à autre chose!

→ **PHRASE MÉMO**: termine tes actions, prends le temps d'en comprendre le sens! Ne zappe pas, va jusqu'au bout du générique!

PAROLE D'ANCIEN: NE PÊCHE PAS DIX POISSONS, TU NE POURRAS EN MANGER QU'UN SEUL À LA FOIS!

Qui suis-je ? Où vais-je ?

C'EST SIMPLE, tu quittes vraiment l'enfance, et te diriges d'un bon pas vers l'âge du futur adulte !

MAIS POUR toi c'est quoi, être jeune ou futur adulte ou adulte ? Parce qu'autour de toi tu vas en entendre des jugements, beaucoup aimeraient tant que tu sois déjà très grand :

- « Tu es encore si bébé que c'en est énervant ! »
- « Mais tu te rends compte que bientôt il faudra être capable de dire ce que tu veux faire plus tard ? »
- « Je pense que tu es en âge de comprendre que tu es responsable maintenant, non ? »
- « Il est temps de manger veggan ! »
- « Quoi ? Tu n'as pas encore la version 444 du dernier iphone ? »

TU ES FORCÉMENT EN PLEINE évolution avec parfois un tempérament qui est vraiment sorti de l'enfance, et parfois pas encore ! Et c'est normal ! Il ne s'agit pas de jouer un personnage ! iPhone et jean troué, 700 amis sur facebook ou accès twitter garanti, ta croissance reste la même ! Tu vas prendre 2 cm par an, acquérir des neurones supplémentaires si tu t'en donnes les moyens, comprendre le monde et bien t'entendre avec, là encore si tu t'en donnes les moyens. Et ce n'est pas parce que tu prends une année supplémentaire à ton anniversaire que tu vas acquérir d'un coup la maturité d'un adulte !

À LIRE : *Le lièvre et la tortue* de Jean de La Fontaine.

PHRASE D'ANCIEN : L'HABIT NE FAIT PAS LE MOINE !

ta CARTE DU MONDE et ton TERRITOIRE

REPRODUIS DEUX fois cette carte, chacune sur une feuille blanche. Marque ton prénom au centre de chacune d'elles. Prends comme thème pour la première « qui suis-je » et pour la deuxième « où vais-je ».

- **RÉALISE LA PREMIÈRE** (qui suis-je) en indiquant sur les bulles les plus proches de ton prénom les faits, les gens, les événements qui parlent le mieux de toi, de ce que tu es aujourd'hui. Par exemple, peut-être la relation avec ton père est-elle très importante, alors indique-la. Sur une autre bulle ça peut être que tu te sens déconnecté de tes copains, etc. À chaque fois, essaie de trouver des indications en plus, par exemple tu te sens déconnecté des autres car ils te semblent trop violents alors indique «trop violent» dans la bulle proche de la précédente (déconnecté des autres), etc. Écris tout ce qui te semble important et diriger ta vie. Ensuite, relie entre elles par un trait toutes les bulles qui ont une origine commune (comme toutes celles reliées à ton père, etc). Tu vas vite voir toute la galaxie que tu as déjà créée pour ton âge et qui te définit tel que tu es en ce moment.

* **FAIS LA DEUXIÈME CARTE** (où vais-je), et tu comprendras beaucoup mieux tout ce qui va venir à toi du fait de ce que tu as déjà mis en place.

* **FAIS UNE PETITE SYNTHÈSE DE CES DEUX CARTES**, cela t'éclaircira sur: là où tu en es, et là où tu vas!

Y

LES 4 PILIERS DU BONHEUR

Avant de lire la définition de chacun de ces 4 mots, essaie spontanément de donner leur signification…

EMPATHIE :

L'empathie est la capacité de ressentir les émotions, les sentiments, les expériences d'une autre personne ou de se mettre à sa place.

→ Sens-tu cette faculté en toi ?

→ Exprime des événements où tu peux dire : je suis en empathie…

→ Comment pourrais-tu pousser plus loin cela ? Avec quelles ressources personnelles ? Tu aurais besoin d'une aide ou d'un apport extérieur ?…

COMPASSION :

C'est une vertu par laquelle un individu est porté à percevoir ou ressentir la souffrance d'autrui, et poussé à y remédier.

→ Sens-tu cette faculté en toi ?

→ Exprime des événements où tu peux dire : je ressens de la compassion…

→ Comment pourrais-tu pousser plus loin cela ? Avec quelles ressources personnelles ? Tu aurais besoin d'une aide ou d'un apport extérieur ?…

ALTRUISME :

Disposition, propension à s'intéresser et à se consacrer aux autres.

→ Sens-tu cette faculté en toi ?

→ Exprime des événements où tu peux dire : je suis altruiste…

→ Comment pourrais-tu pousser plus loin cela ? Avec quelles ressources personnelles ? Tu aurais besoin d'une aide ou d'un apport extérieur ?…

APTITUDE AU BONHEUR :

Pouvoir se séparer, s'éloigner d'un lien, d'une attache.

→ Sens-tu cette faculté en toi ?

→ Exprime des événements où tu peux dire : je suis altruiste…

→ Comment pourrais-tu pousser plus loin cela ? Avec quelles ressources personnelles ? Tu aurais besoin d'une aide ou d'un apport extérieur ?…

CES 4 MOTS sont loin d'être innocents, ils sont les 4 piliers du chemin du bonheur. Certains les trouvent « gnan gnan, enfantins, moralisateurs... », qu'importe ! Ce qui compte, c'est que ces piliers sont les ennemis du stress et qu'ils te permettront de vivre zen ! Il y a ceux qui parlent peu et font beaucoup... Tu peux être de ceux-là... C'est très simple. Choisis en fonction de ton ressenti de mettre en pratique sur une journée 1 pilier parmi les 4, et essaie déjà de l'appliquer très concrètement, sans faille ou abandon en fin de matinée... c'est un engagement ! Tu verras que plus tu pratiqueras (même quelques minutes quotidiennes par activité suffisent), plus celles-ci deviendront comme des attitudes réflexes face aux événements. Ainsi, tous les réflexes de « stress » s'atténueront petit à petit, et beaucoup de tes comportements évolueront différemment. Tu feras alors tourner toi-même « la roue de la vie ! » en toute sérénité, et croitre ta Zénitude !

Ce sont la bonne connaissance et la compréhension de ce que sont ces 4 piliers qui te permettront de tutoyer le « Toit du monde ».

ER PILIER

VIVRE

SANS JUGEMENT

AUJOURD'HUI, tu ne juges personne et tu ne te laisses vivre aucun a priori. Ça a l'air simple, mais tu vas vite comprendre que tu repousses ou refuses que se créent certains événements, par exemple, tu ne t'assieds pas à côté d'un autre élève car rien ne t'attire chez lui, ou tu estimes que tu es trop jeune pour t'intéresser à ce que vivent les adultes. Peut-être te prives-tu de bons moments anti-stress ?

JE T'AIME TEL QUE TU ES !

ESSAIE toute la journée de ne repousser aucune rencontre, aucune compréhension, aucune réflexion possible… Dans le fond peut-être que ton camarade a des idées inattendues que tu ne lui laisses pas te communiquer, et puis t'intéresser au monde des adultes, ce n'est pas si mal car tu vas en grande partie dépendre de ce que eux mettent en place actuellement… D'autre part, si quelqu'un t'agresse verbalement, ne le juge pas, essaie d'être plus large, peut-être que cette personne est elle-même mal dans sa peau…

FAIS LE POINT des retours constatés en fin de journée :

....

....

→ **PHRASE MÉMO** : laisse une chance à la vie de s'exprimer, en dehors de tes repères et de tes limitations quotidiennes.

2E PILIER

AIMER
LES AUTRES

IL Y A CEUX QUE tu aimes naturellement, et ceux que tu n'aimes pas ! Aujourd'hui, teste-toi sur ta capacité à aimer, en partageant ton énergie personnelle d'amour avec des gens pour lesquels tu n'as pas d'attirance…

JE VOUS AIME À DONF !

PRENDS dans cette journée volontairement un moment pour envoyer tout ton amour à quelqu'un dont tu sens qu'il en a besoin. Même si tu n'as pas spécialement d'amour pour cette personne, c'est encore mieux !

FAIS PAR exemple comme ceci : imagine que tu es à côté de cet être en souffrance, pose des yeux d'amour sur lui, avec tes sentiments à toi, ta manière de donner de la tendresse, tu t'imagines en train de le serrer dans tes bras, de lui apporter des mots réconfortants. Encore une fois tu n'es que dans l'ouverture du cœur, tu fais abstraction d'avant, de ta relation avec lui. Sens que partent de toi de véritables pensées de mieux-être, de réconfort et sois bien persuadé que tes sentiments sincères lui apportent un vrai soutien… Essaie toujours et encore d'élargir ta zen love attitude !

→ Résume ce que tu en ressens :

....

....

En pratiquant régulièrement, résume ce qui a changé dans ta relation avec ces personnes :

....

....

PHRASE MÉMO : un cœur grandit quand il se partage !

3e PILIER

DONNER

DE SOI

DANS CETTE journée, établis une vision «fréquence love»! Tous les gens que tu rencontres, tu les aimes et tu fais pour eux des actions complètement désintéressées! Attention, pas d'une manière fausse, essaie d'être le plus sincère possible.

Pour cela, voici des exemples simples et pratiques.

JE VOUS AIME SANS RIEN ATTENDRE!

→ **OBLIGE-TOI À ALLER** saluer tous les gens que tu connais de près ou de loin.

→ **UTILISE** ton smartphone pour prendre des nouvelles d'au moins deux personnes proches ou lointaines.

→ **DÉCIDE DE DEUX** actions utiles pour tous, par exemple porter les courses, faire la démonstration d'applications difficiles sur une tablette…

→ **PLACE-TOI À CÔTÉ** de personnes de ton entourage, et en silence souhaite-leur le meilleur pour leur vie à venir!

→ Résume ce que tu en ressens :

....

....

→ As-tu ressenti des regards différents sur toi ?

....

....

PHRASE MÉMO: «l'amour n'est pas une manière d'être mais de devenir.» Francesco Alberoni.

4e PILIER L'APTITUDE AU BONHEUR

ÊTRE HEUREUX au quotidien, cela demande aussi de la volonté ! Rien ne tombe dans les bras, sans avoir auparavant créé un minimum de circonstances favorables. L'avenir se construit dans le présent, donc au boulot !

JE M'AIME, C'EST IMPORTANT !

→ **DÉCIDE LE MATIN** au réveil que tu ne percevras chez les gens que la partie amour, même si elle te semble minime… Tu ne restes que dans cette optique, ce qui t'intéresse, c'est la part lumineuse de chacun…

→ **TU FAIS DE MÊME** pour tout ce qui t'arrive dans cette journée, tu ne tiens compte que de la partie du verre plein (au moins il y a ceci, cela…), tu ne te focalises pas sur la partie vide (oui mais il n'y a même pas ceci, cela…).

→ **TU NE REFUSES AUCUNE** ouverture, auprès des gens, dans ta compréhension des choses, essaie de prendre le parti du oui, pas du non !

→ **TU NE TE CACHES PAS** des gens ! Tu es visible, toi, tes idées, tes sentiments, tu restes en « open source » !

→ **RÉSUME CE QUE** tu en ressens :

....

....

AS-TU RESSENTI DES rapports différents avec les gens ?

....

....

PHRASE MÉMO :
« Où il n'y a pas d'amour, il n'y a pas de sagesse. »
Dostoievsky.

D'OÙ VIENS-JE?
OÙ VAIS-JE?

LE TOIT DU MONDE

LES 4 PILIERS sont là pour soutenir le toit du monde !

SANS RENTRER dans les notions de croyance particulière, tu es en droit de te poser deux questions basiques :

→ **D'OÙ JE VIENS** (avant cette vie) ?

....

....

....

→ **OÙ JE VAIS ?**
(Qu'ai-je à faire dans cette vie ?)

....

....

....

POURQUOI CES DEUX QUESTIONS ? Mais parce que c'est souvent une grande cause de stress inconsciente ! Reconnais qu'il y a des moments dans ce monde où tu ne trouves pas ta place, et d'autres où tu te dis que la vie n'est certainement pas que limitée à ce qui se passe à ta naissance et ta mort... il y a forcément un avant et un après...

LES ANCIENS Égyptiens, les Tibétains, les Celtes... enseignaient les réponses à ces deux questions dans leurs écoles... Cela peut se résumer par la phrase de Socrate, philosophe grec: «Connais-toi toi-même!»

ALORS, À UN MOMENT ou à un autre, il va falloir que tu te penches sur les termes ci-dessous. Il n'est pas question de t'influencer, cette démarche est très personnelle. Prends le temps de la réflexion, surtout teste par toi-même, garde ou rejette, entoure-toi d'avis différents et parfois contradictoires, et note simplement que par essence le monde bouge à chaque instant (l'impermanence), qu'il évolue et que tout est possible et réalisable à celui qui s'en donne les moyens. Laisse la place à ton potentiel Zen d'apprendre et de s'exprimer...

QUE SIGNIFIENT POUR TOI CES TERMES:

- **LA SPIRITUALITÉ:**

....

....

- **AVOIR LA FOI:**

....

....

- **D'AUTRES CORPS, D'AUTRES VIES:**

....

....

- **LA SAGESSE:**

....

....

LE DIVIN : ....

....

....

....

....

AUTRES : indique ici des termes qui te paraissent essentiels dans ta quête pour comprendre le monde...

....

....

→ **PHRASE MÉMO** : il n'y a que toi pour construire ton toit ! C'est lui qui te tiendra à l'abri durant les tempêtes de la vie !

VI

LE DÉ STRESS EN 4 SAISONS

4 TRUCS ET ASTUCES DU DÉ-STRESS

TU TE RAPPELLES qu'il existe 4 saisons dans la nature ? Bien, sache que toutes les cellules de ton corps s'y adaptent. Tu as en toi l'automne, l'hiver, le printemps et l'été. Le problème est que le rythme de vie moderne n'en tient pas compte ! Ainsi, tu devrais :

TRAVAILLER LE SPORT, l'énergie, les matières créatives au printemps, toutes les matières scientifiques en été, l'histoire, la géo, etc. à l'automne et te reposer totalement en hiver ! Bref, le compte n'y est pas et le seul fait de « vivre hors saison » te coute déjà en stress et favorise la surchauffe mentale et émotionnelle. Donc, nous allons te proposer de suivre des consignes annuelles simples qui favoriseront ton ancrage saisonnier ainsi que des activités typiques de chaque saison.

CONSTANTE ANNUELLE :

→ **BOIRE TRÈS** régulièrement (la déshydratation étant la première cause de stress).

→ **TU TE NOURRIS EN FONCTION** des saisons, pas de fraises en hiver, pas de melon à l'automne, etc.

→ **TU SORS AU MOINS** une fois par semaine en pleine nature, pour profiter de l'oxygène saisonnier : les feuilles mouillées et la terre en automne, le froid et les couleurs gris-vert de l'hiver, les espaces fleuris du printemps, le sec et odorant de l'été... sont des messages biochimiques dont ton corps et ton esprit ont besoin pour leur équilibre. On appelle cela le respect des biorythmes.

→ TU MÉDITES AU MOINS 2 fois par semaine (même 5 minutes à chaque fois, mais tu le fais très régulièrement) : tu écoutes ton corps, tu prêtes attention à ce qui t'entoure, tu apaises ton mental en toute saison. C'est un training hyper sécurisant, qu'il pleuve ou qu'il vente dans ta vie, il se développe pas à pas et donne rapidement au fil de ta pratique des bénéfices en termes de sérénité et de recul sur les événements, donc un bonne clef de ton bien-être !

→ **TU MARCHES PIEDS NUS** dans la nature à chaque saison (1 fois par mois minimum). Pourquoi ? Le tellurisme (énergie de la terre) ne perfore pas le béton, tes semelles plastiques empêchent le magnétisme terrestre de passer par tes plantes de pied et de nourrir tes circuits énergétiques (méridiens, chakras, aura…). Tu as ainsi une cure revitalisante gratuite à ta portée et un anti-stress puissant sous tes pieds…

→ **RESTE NEUF** dans ta tête ! Garde à l'esprit que toute ta vie tu es un apprenti, laisse-toi surprendre chaque jour… c'est une ligne de conduite extrêmement créatrice de bonheur…

→ **N'OUBLIE JAMAIS** que ton corps est ton temple, et ton véhicule, il n'y a que celui-là pour toute ta vie, alors respecte-le, il est précieux…

→ **TU POSSÈDES**, avec ce livre, de nombreuses pistes d'activités, adapte-les, prolonge-les selon tes propres expériences, place-les aussi dans ce contexte des 4 saisons quand tu en sens le besoin, laisse parler ton imagination.

→ **PENSE AU MAGNÉSIUM** qui favorise le dé-stress. En cure de 10 jours 1 fois par mois (en granions, 1 ampoule par jour).

AUTOMNE : ON CHANGE !

C'EST LA RENTRÉE! Il faut activer ce que tu as appris l'année passée et relancer la concentration, développer la confiance pour être au top pour les 10 prochains mois !

VOICI 3 EXERCICES à faire le plus régulièrement possible :

- **LE DÉ-STRESS GRAFFITI! :** C'est simple (même en classe !), tu prends une feuille blanche dès que tu te sens en stress. Tu dessines des petits ballons. Tu les remplis en pointillant avec la pointe de ton stylo, tactactac ! Puis tu dessines des tas de petites spirales qui s'enroulent en montant vers le haut de la page, et enfin des traits qui montent du bas de la page vers le haut (pas à l'inverse !), et tu fais tout cela en soufflant très lentement...

- **CONCENTRATION DE LA BARRE :** tu retournes ta feuille blanche, tu dessines une petite barre en haut à gauche, et une barre en haut à droite, et tu continues ainsi à gauche et à droite pour finalement créer une ligne entière, puis une deuxième, etc. et tu respires volontairement en te détendant !

- **LA CONFIANCE DANS L'AVENIR :** chaque soir avant de dormir, tu fermes tes yeux et tu t'imagines dans un endroit que tu affectionnes (vacances, bras d'un copain copine...), tu te sens bien, et volontairement quand tu souffles, tu sens que ton cœur s'emplit d'une énergie douce, que tu t'emplis de lumière... Tu es en harmonie, tu rentres dans la confiance que ce que tu crées au quotidien petit à petit construit pour toi un avenir positif...

AUTOMNE : SAISON DES POUMONS/GROS INTESTIN.

→ **AUTOMASSAGE ET POINTS** de renfort : masse toute la partie située sur la tranche de ton avant-bras droit (sur 20 cm), en appuyant puis relâchant sans cesse, jusqu'au départ de la partie charnue du pouce. Masse aussi des points situés en dessous du genou droit, entre le tibia et le péroné sur 20 cm. Autant de temps et de fois que voulu !

→ **PRODUITS PHARE** : le pollen en cure de 3 semaines (1 cuillère à soupe le matin, ou mélangée dans du yaourt, etc.). Favoriser brocolis, choux et choux-fleur, ail, kiwi, orange... 1 ampoule de granions d'argent 1 fois par jour pendant 6 jours (1 fois par mois).

HIVER ON S'AIME !

LA LUMIÈRE EST AU PLUS BAS, le froid met à mal les résistances du corps, c'est la période la plus stressante, donc il faut favoriser au maximum le repos.

VOICI 3 EXERCICES adaptés à l'hiver, où tu penses à te recueillir sur l'état de ta condition physique et mentale et à te cocooner :

- **LES MICRO SIESTES** : 10 minutes de relaxation = 1 heure de repos complet. Donc, assis en pause, tu fermes tes yeux, et tu comptes de 10 à 1 : 10 j'inspire, je souffle en posant l'attention sur mes bras, tendus ou détendus, si tendus je souffle en les détendant, quitte à les masser… Et tu fais ceci, 9, 8… pour tout ton corps, pour arriver à 1, et là tu souffles un grand coup et tu te laisses « partir » quelques minutes… Bientôt, tu pourras t'endormir à volonté !

- **LES SCANS CORPORELS** : les articulations fatiguées, ton dos qui se tend, ta posture physique est à revoir ! Tu vas de haut en bas et tu rectifies : ta nuque te fait mal, doucement tu la masses, puis tu passes au dos, au bassin, aux jambes, aux chevilles, et tu remontes par tes genoux, tes poignets… tu élimines ainsi 25 % de stress dû à ta simple posture !

- **LES BONS PETITS MOMENTS** : se lancer en cuisine dans des recettes plaisir.

Lézarder les week-ends entre potes où la chaleur humaine est réconfortante. Choisis des séries basées sur l'humour ou la découverte des paysages du monde. Partager des moments musicaux en famille ou de jeux de société bien au chaud…

HIVER : SAISON DES REINS/ VESSIE

→ **AUTOMASSAGE ET POINTS** de renfort : sous chaque voute plantaire, juste au départ des coussinets des doigts de pied et juste au milieu (on sent un creux naturel). Tu appuies, tu relâches, au moins 3 minutes pour chaque pied.

→ **PRODUITS PHARES** : propolis en gomme à mâcher (3 morceaux par jour), échinacée (1 gélule 3 fois par jour pendant 10 jours pour renforcer l'immunité), eau (type hépar sur durée limitée), pommes, gingembre, citron, pamplemousse. 1 ampoule de granions de cuivre avec de l'eau 1 fois par jour pendant 6 jours (1 fois par mois).

PRINTEMPS : ON GRANDIT !

LA LUMIÈRE REMONTE. Ose exprimer le meilleur qui est en toi et fais-le grandir, pousse ton esprit vers ce qui est beau et emplis-toi d'énergie créatrice.

VOICI 3 ACTIVITÉS pour t'aider à optimiser tes énergies et ta créativité :

* **L'ARBRE** copain : un arbre s'appuie sur des racines solides et ses branches se nourrissent de l'énergie du ciel. Repère un arbre qui te semble bien en place entre terre et ciel. Pose ton dos, la colonne déroulée sur le tronc, tes paumes de main posées sur l'écorce. Respire doucement en essayant de relâcher totalement ton esprit, médite en toute quiétude. Très rapidement tu vas sentir ton dos, tes mains commencer à chauffer, preuve que l'énergie passe entre toi et l'arbre. Apprécie cet échange et laisse-toi aller au moins 10 minutes. Ensuite retourne-toi, pose ton buste contre l'arbre et enserre-le, si tu le sens embrasse-le, comme un vieux pote ! Sens de nouveau ce partage… Remercie en partant !

* **LA MARCHE D'HARMONIE** : partage une balade en plusieurs étapes de 2 phases. Tu vas faire par exemple 2 fois 50 mètres que tu feras 4 fois. Les premiers 50 mètres, tu les fais en silence, les yeux vers

le sol à quelques mètres, tu écoutes ce qu'il se passe devant toi et tu poses juste ton attention sur ton souffle, afin qu'il soit régulier. Puis tu fais la deuxième étape de 50 mètres en marche arrière, sans regarder (si possible), tes yeux sont vers le haut, tu es en écoute de tout ce qu'il se passe derrière toi. De cette manière, ton cerveau travaille totalement et met tous tes sens en alerte, tu es en éveil.

LES DESSINS DU LÂCHER-PRISE: soit avec des crayons de couleur, soit avec des peintures, tu te poses deux minutes dans le silence, puis tu te laisses totalement exprimer ce qui te passe par la tête. Ça peut être des traits, des taches, des peintures à l'éponge, des pochoirs, tu lâches… et tu renouvelles au moins sur 5 feuilles. Tu verras que tu retrouveras souvent des thèmes récurrents, expression de tes ressentis du moment…

PRINTEMPS: SAISON DU FOIE/VÉSICULE BILIAIRE

→ **AUTOMASSAGE ET POINTS DE RENFORT**: tu masses le centre de la voute plantaire de ton pied droit et le côté droit entier. Tu appuies et tu relâches plusieurs minutes. Tu fais de même en massant le côté intérieur de ton genou droit: tu sens un creux, tu masses.

→ **PRODUITS PHARES**: le jus de citron (1/2) avec de l'eau 1 fois par jour. Les ampoules d'oligo-éléments de soufre à raison de 1 ampoule par jour pendant 5 jours (1 fois chaque mois). Radis, radis noir, asperges, fraises, rhubarbe… Complexe oligosol: cuivre, or, argent (1 dose matin et soir pendant 10 jours).

ÉTÉ :

ON SORT DEHORS !

C'EST LE ZÉNITH de l'année, le soleil au plus haut et pleine lumière du matin au soir ! Tu développes la capacité de pouvoir changer le monde par toute l'énergie que tu reçois, c'est le moment d'utiliser consciemment tes propres forces et d'en gouter les fruits. Bien sûr, tout est centré sur ta présence dans la nature et avec elle !

VOICI 3 ACTIVITÉS IDÉALES pour amplifier ton expression :

✸ **LA NATURE TE NOURRIT :** pose-toi face à un paysage qui te plait. Laisse aller ton regard sur toutes les couleurs existantes, remarque comme elles sont beaucoup plus crues, vivantes qu'en hiver. Laisse-leur toute la place en orientant ton attention dessus et en respirant

calmement, en ne t'accrochant pas à tes pensées. Amuse-toi à les imaginer rentrer par tous les pores de ta peau, que chaque teinte t'apporte douceur et profonde détente… Sois simplement dans cet instant magique estival…

LA MARCHE DE ROSÉE : marche pieds nus très tôt au petit matin, essaie de fouler la rosée, l'humidité, sens comme tous les parfums sont au top dans la nature, c'est aussi à cette heure que tu croiseras le plus d'animaux et d'oiseaux en goguette ! Profite de ces instants joyeux, vois comme la terre est magnifique, cela te rend positif, bien dans ta peau, et tu recharges tous tes circuits énergétiques par tes deux voutes plantaires en contact avec l'énergie de la terre !

L'EAU DE LA DÉTENTE : trouve un endroit où coule l'eau, source, rivière, vagues, vaguelettes d'un lac. Ferme les yeux et « branche-toi » sur le son de l'eau, ressens comme il t'apaise… Ensuite pense qu'il te purifie de toutes tes fatigues, de tes pensées trop nombreuses, de tes négativités… Si tu le peux, va au moins y poser tes pieds, ou te baigner en silence… profite…

ETÉ : SAISON DU CŒUR / INTESTIN GRÊLE

→ AUTOMASSAGE ET POINTS DE RENFORT : tu masses toute la partie située sur la tranche de l'avant-bras droit (sur 20 cm), en appuyant puis relâchant sans cesse, jusqu'au départ de la partie charnue du petit doigt. Puis tu masses la dernière phalange du petit doigt. Tu appuies et relâches doucement pendant 5 minutes.

→ PRODUITS PHARES : aubergine, fenouil, maïs, haricots verts, figue, abricot, fruits rouges… tisanes d'aubépine et de vigne rouge (système cardio-vasculaire).

→ BON CONSEIL : les organes rate /estomac sont à privilégier 18 jours avant le début de chaque saison. On appelle cela les intersaisons. Ta rate doit assumer à chaque fois une bonne distribution de l'énergie dans ton corps, et l'estomac doit être libre de filtrer tout au plan émotionnel ! D'où la possibilité de maux d'estomac si tu accumules trop de pensées et de sentiments non réglés ! Ce stress émotionnel te rend hyper sensible, et le foie ensuite exprimera ces colères rentrées… Tes maux affectent ta santé, d'où l'importance de bien comprendre qu'être attentif à son bien-être mental, émotionnel, physique te permet de profiter au mieux des merveilleuses possibilités de développement personnel qu'offre ton corps !

TU VOIS QUE *cette période que tu vis est une fantastique opportunité pour t'éveiller au monde, que ce soit à l'intérieur de toi ou à l'extérieur. Tu as ici dans ce livre des outils qu'il te suffit d'utiliser consciemment et d'appliquer avec régularité. Il n'y a aucune raison que cela ne fonctionne pas, car tu es un être sensible et doué d'intelligence. Ne laisse jamais personne te dire le contraire, c'est toi qui vis, expérimente, par moments souffre ou t'éclate, c'est ton parcours, tes expériences, et cela deviendra à la fois ta malle au trésor et le jardin secret que tu feras partager à ceux que tu en sens dignes ! N'oublie jamais de tenter, de te donner les moyens, d'assumer, et de t'amuser, la vie dans ses fondations te l'autorise, alors ne te laisse pas influencer quand tu ne le sens pas, agis avec tes mots, ton énergie et tout ton amour ! Ainsi, chaque seconde deviendra une éternité sur la route de tes accomplissements.*

RETROUVEZ
LES autres LIVRES
de la collection

PLUS D'OXYGÈNE

DANS toutes

LES LIBRAIRIES

Une collection illustrée par
JACQUES AZAM

Ado blues
Michel Piquemal

Adoption : les ados racontent
Anne Lanchon

Agir rend heureux
Anne Jankéliowitch

Cannabis, on en parle ?
David Pouilloux

Collège, le grand jeu d'orientation
Michaëla Bobasch

Être moi, mode d'emploi
Marie-José Auderset

Grandir, un défi de taille
Léa Juliet

J'ose pas dire non !
Christine Laouénan

La puberté, c'est génial (ou presque) !
Brigitte Bègue

La drogue non merci
Pierre Mezinski

Les amis, c'est sacré !
Odile Amblard

Love
Françoise de Guibert
Laurence Schaack

Questions intimes, rien que pour les filles
Sylvie Sargueil

Sexualité, ze big question
Magali Clausener

Tout sur le zizi
Sylvie Sargueil

Travailler mieux pour bosser moins
Myriam Germain-Thiant

*Trop bien la 6e* Sophie Bresdin

Une mère, comment ça aime ?
Susie Morgenstern